KB060241

청어詩人選 310

# 누름꽃

加意 임미형 시집

청어

# 누름꽃

## 임미형 지음

발 행 처 · 도서출판 청어
발 행 인 · 이영철
영    업 · 이동호
홍    보 · 천성래
기    획 · 남기환
편    집 · 방세화
디 자 인 · 이수빈 | 김영은
제작이사 · 공병한
인    쇄 · 두리터

등    록 · 1999년 5월 3일
(제321-3210000251001999000063호)

1판 1쇄 발행 · 2021년 12월 10일

주소 · 서울특별시 서초구 남부순환로 364길 8-15 동일빌딩 2층
대표전화 · 02-586-0477
팩시밀리 · 0303-0942-0478

홈페이지 · www.chungeobook.com
E-mail · ppi20@hanmail.net
ISBN · 979-11-5860-541-4(03810)

# 누름꽃

加意 임미형 시집

## 시인의 말

새벽, 변산 채석강의 바닷소리를 들어 본 적이 있다. 이미 바다에 이르러버린 것들과 퇴적의 위엄 앞에 꼼짝없이 침묵하고 말았다. 바닷가 괭이갈매기 한 마리가 매일 바라보는 바다를 처음인양 바라보며 오래도록 서 있었다.

품이었다.

떠나온 것도 품이고, 그리워하는 것도 품이었다. 시린 발을 담근 섬들이 빛나 보이는 것도, 맨발로 달려와 누런 모과나무 아래 우뚝 멈춘 시선도, 생채기 바래가도록 동구 밖을 서성이던 그림자도, 36.5도의 체온에 견인되고야 마는 예정된 항복이었다.

내가 키워야 할 것도 품이었다

덜어내고 받아주며 헐거워진 문틀처럼, 눈치 없이 내미는 손에도 온기를 나누다가, 길고양이 찾아 밥알을 챙겨주다가, 필경은 묵은 곳간 갇혀 있는 것들이 쏟아져 나와 어깨춤을 출 것이다. 푸성귀 한 줌이 대문에 걸려있던 날과 밥 한술 먹고 가라는 애틋한 눈짓에 뽀얀 입김이 가깝게 느껴지는 품의 거리를 가늠하며 씨앗과 열매의 사이를 일렁이는 햇발이고 싶다. 소리 없이 쉬임 없는 물줄기이고 싶다.

나도 스치는 모든 것을 처음처럼 오래도록 깊이 바라보고 싶다.

　　파도처럼 희끗한 여력으로 수평선을 밀어보듯 글을 쓰며 부끄러운 중에도 행복했다. 모두가 하나님의 과분한 은혜였다. 남겨지는 발자국이 물살에 휩쓸려 사라지는 것은 당연한 일이라고 시집 발간에 대한 두려움을 삭힌다.


                              2022년을 맞으며
                    무등산 아래 산수동에서 임미형 쓰다

# 누름꽃

## 2부  스미다

# 1부

## 패이다

흙이나 바람이나 구름이나
곁을 서성이는 얽힘이 보이는 순간
홀로 서 있는 것들은 없다

# 무를 캐다

햇살이 사금파리 위로 빛나는 뒤안이다
늙은 개의 무덤처럼 아무렇게나 엎드린 뒤움지를 헐어
가을걷이 때 묻어놓은 무를 찾는다
바람 드난살이 없는 곳에
봉인된 이력을 뒤적이는 호미 끝이 뜨겁다
잃어버린 이름을 호명하듯 쓱쓱 문지르면 튀어나오는 흰 빛들
한순간 마주친 빛살에 동안거 풀린 발목들이 달려 나온다
내 가뭄 든 밥상이 울컥하며 만나는 형형한 반가움이다
아무리 숨겨도 무나 무수라는 말 속에는 바람의 혐의가 있다
끝 쪽을 내리치고 한 번 더 내리쳤다
바람의 입질을 온몸으로 밀어내며 지켜온 양식이다
풀갈퀴에 할퀸 낡은 고무신에 고여 있던 흙물로나
눈물 같은 육즙으로 세월의 구멍을 막아왔으리라
묻힌 유물을 도굴하듯 손을 씻고 펜을 든다
오랜만에 흰 속살을 더듬는 눈사위가 번뜩인다
내 부지깽이 글이 솥 잔등에 흐르고
밥 익는 내음으로 새벽이 밝아오면
허기진 책상에 뜨건 김이 오를 것 같은
아직 성성한 무수에는 노란 불꽃이 곰실대더라

# 조각보

모시베 남은 조각 이음질한 발이 햇살을 거른다
사울사울 키질한 말간 볕이 그림자를 지우고
이어진 조각들의 웃음소리에
능소화 벙근 숭어리가 후두둑 떨어지다가
몇 마디 삼킨 말들이 바람 되어 떠나고
매미 소리 앞세운 쨍쨍한 결기마저 머뭇거리는
필경은 삭히지 못한 말들이 틈새에 끼고 만다

흙이나 바람이나 구름이나
곁을 서성이는 얽힘이 보이는 순간
홀로 서 있는 것들은 없다
낱장으로 모여드는 이음질이 저질러 놓은
기이한 변형의 조합으로
허물을 감추어 주기도 하고
손톱 끝 정성을 슬그머니 덮어 나르는
한 조각 흔들리는 수줍음이다
함께 가는 길목 어디선가 소나기 만나도
하늘로 드리운 손바닥은
연잎처럼 고슬하여 마주 보며 뛰었다

# 선인장

저수지가 보이는 양지뜸 온실 속
떠나온 곳이 어딘지
아는 바 없는 숫저운 얼굴들이
가시꽃을 피운 채 똘망똘망 앉아 있다
순결한 순례자의 행보인 듯
저마다 금줄 치고 명상에 잠겨 있다
찬바람 일면
한 번도 본 적 없는 아버지를 부르겠지
물 한 바가지 없는 마른 땅
살점 뜯어 나누면서 보여주던 웃음
그때도 몰랐고 지금도 모른다
가만히 가시를 만져 본다
가시 너머 너를 알면 나도 선인(仙人)이 되겠지

# 근로자 대기소

푸른 이끼를 걷어낸 먼빛이
자전거 페달을 밟고 일어선다
분신이 된 가방과 아침을 거른 빈속이
푸석하니 눈썹 끝에 엉켰다
고꾸라진 창자에 새벽별들 그득하고
사막에 길을 내는 낙타의 발바닥처럼
훑어도 고여 있는 손바닥 앙금의 억센 물줄기
누군가는 동강 난 허리를 꿰맞추는 사이
도망간 마누라 이야기를 입담 좋게 흘리는데
장작불 숨소리만 파르라니 흔들린다
핏기 없는 쪽지 한 장으로
서성이던 뒤축에 시위가 당겨지고
자판기 커피 한 잔의 신호로
수탉의 벼슬은 꼿꼿하게 일어선다
아내가 건네 준 고지서처럼 퉁퉁 부은 새벽달과
삐끗거리는 자전거 틈새를
길고양이 한 마리가 아슬하게 비켜가는
일용할 양식은 아직 새벽이다

# 사진 찍기

두 손 가지런히 모은
철쭉꽃 한 송이

결 고운 햇살 아래
고요히 앉아 있다

순하게 웃는 실눈에는
탄식 몇 올 뿌옇게 흔들리는데

여미는 옷깃 사이로
자꾸만 아버지가 보인다

이제는 어머니보다 더 푸른 모습으로
양지 뜸에 꽃이 된 아버지

아무도 몰래 꽃술 위에
연애편지 한 장 올려놓는다

# 감꽃

오종오종 내려앉은
보고픔 모아
무명실에 꿰어 보네

수들하게 늘어진
목걸이가 되면
주고 싶어
속마음만 상그레한데

무춤 서서
뒤돌아보는 세월 너머
모퉁이에 주저앉은
희근한 그림자

눈가에 매달린 손금 길 따라
누렇게 가둔 그리움
푸르르 일어나
맨발로 뛰어가네

# 능소화

비를 맞으년
아플 때가 있다

소리 없이 빗발 따라나서
뜨락을 서성인다

한 숭어리
바라볼 수 있는 거리에

등 돌려 가다가도
돌아볼 줄 알았다

물처럼 돌고 돌아
흙이 되는 훗날에

꽃으로 만나면 우리
구름 너머 별 밭으로 달아나자

달아나서
눈먼 씨앗으로 박혀 살자

# 산호 이발관

삼색등이 돌지 않고 멈춰 선 자리
수컷들의 공간이 포기된 오염의 끝에
빙하기의 산호 이발관
수척해진 간판이 졸고 있다
급류의 물살처럼 붉고 푸르던 기상과
어느 한 때 바닷속 꽃을 찾던 시절
촉수를 나풀대며 한 그루 나무를 키우던
무척추 동물의 자태는 이젠 없다
못난 사내라도 왕이 되었던 거만한 의자와
거품 솔이 지나가고 날 선 면도기 사각대면
멀미처럼 울렁이던 말쑥한 꿈들마저 사라졌다
하얀 가운과 수건들이 펄럭이던 자유도 없다
버짐 핀 가위들만 제자리를 지키는데
혁명가의 깃발로도 부활되지 않는 이름을 붙들고
주인은 변방의 족장으로 남아
축제 전야의 주술 같은 혼잣말을 한다
햇살 앞세워 들어서는 가랑잎 하나로도
물기 없이 건조한 유리 상자 속
손가락 같은 산호의 마디마디가
아직 남아있는 짠기로 반짝이는 오후

# 살아있는 것들의 거래

미끼는 어린 개였다
입에 걸린 갈고리가 물살을 가른다
세상을 향하는 배는 빠르다
벌벌벌벌 오줌을 싸버리는 어린 개
육지 동물의 체취가 바다를 입질한다
코스타리카 상어들의 짱짱한 깃발들이 잘려나간다
날개도 꼬리도 사라진 폐타이어가 멀뚱히 바다로 던져진다
기적소리처럼 유선이 길게 날리고 붉은 수면이 바둥댄다

출구가 막힌 광장에 한 남자가
젖은 빗돌처럼 앉아있다
살아있는 것들의 거래를 적어 들었다
그 남자가 컵라면 한 그릇을 비우는 사이
포획자들은 오만가지 웃음엣소리로
자신들의 피 묻은 손을 잘라냈다
샥스핀 요리가 차려진 거만한 식탁,
다시 유쾌한 거래는 시작된다

# 상사화

산그늘에 붉은 댕기물이 들어
수줍게 흔들리고 있다

족두리 떨잠에 분단장하고
연지 바른 입술 서러워

휘모리장단으로
온 산에 꽃 등불 켜두었다

아니 오는 기다림에
곧추세운 가는허리 곱기만 한데

꽁지 빨간 젖은 눈망울만
머다랗게 튀어나왔다

# 가을 강변

코스모스 흔들리는 해름에
강물 거스르며 자전거 탄다
산수유 익어가는 산자락에는
황소와 왜가리가 함께 노닐고
다슬기 줍는 아이들의 물살에도
해뜩발긋한 석양이 너울댄다
나이테 둘러치듯 바퀴는 돌고
하얗게 비워내는 물소리만
무장무장 크게 들린다
비우기를 준비하는 들녘에는
황금빛 웃음소리가 파다하다

# 허수아비

저것 좀 봐!

챙 너른 모자는 너덜거리고
누더기에 깡통까지 매달고도
웃고 있어

세워 놓은 그 모습 그대로
그냥 그 자리에 서 있는
바보

가슴 열어 봐
십자가 품고 있어야!

# 바람의 집

비루하게 쾅쾅대는 울림으로
골골이 낀 녹물들이 술렁댔다
지붕 교체, 물 새는 곳, 하수구 뚫음, 금전 대출,
파스처럼 붙어있는 스티커들이 울었다
굳은살의 뻔뻔함이 뒷심일 뿐인 작은 칸막이로
세상을 여닫이 하는 사람들
덜어내지 못한 몸피의 부끄러움을 가릴 뿐
집의 내력을 고스란히 보여준다
사뭇 결기 섞인 목소리가
열리지 않는 부재를 확인할지라도
다님 길 향한 햇살들이 하르라니 놀랄 것이다
습관처럼 감추었던 것들이 우르르 쏟아질 것이다
유물이 될 뻔한 잊혀진 것들이 깨어날 것이다
바람도 없는 액정 속
갇혀버린 사람들이 튀어나올 것이다

두드려다오 문
하마하마 귀를 열어둔다

# 외돌톨이

약속 없이도 비처럼
그렇게 오지 않을까

풀잎 같은 기억으로
뒤돌아보지 않을까

강물 따라 밤을 달려
새벽달로 뜨지 않을까

미간에 모아지는 그리움
맨드라미 씨앗으로 수를 놓는다

# 이른 봄

바람은 잔설의 치맛폭에 남아
아기 새의 배냇짓에 한 눈 팔고 있다
끊어내지 못한 빈 가지에도
울렁이는 빛살들이 소문처럼 찾아오고
갓 깨어난 창백한 그리움
마땅한 이름 없이도 피어난디
짱짱한 시간들이 올올이 풀리면
화라지 끝에 앉아 있던 귀 밝은 산새 한 마리
거울 같은 햇살 속으로 날아오른다
먼 산허리 어디쯤
떨궈 버린 젖은 손수건도 꽃을 피우고
마른 풀섶에도 풋내가 수런대는
봄날은 사면 받은 죄인들의 눈물로 흥건하다

# 떠나보낸 뒷모습이 떠나지 않는데

무심히 봄 길을 걷다가 떨어진 꽃잎을 밟았다
퍼득이는 숨소리가 온몸을 타고 올라
살빛을 물들이며 꼿꼿이 아려왔다
압지 밑에 깔린 아픔처럼
발목 꺾을 때까지 오래 그렇게 서 있었다
그때는 내 아픔만 들여다보느라
수천 송이 꽃들이 흔들리는 것도
향기로운 발목이 꺾이는 줄도 몰랐다
차마 돌아서는 길목에는
잔등 저 너머 풋콩 같은 꿈들이 신음하듯
무수한 꽃들이 흔들리고 있었다
세월 흐르고서야
내 안에 어깻죽지 걸린
운명 하나 더 있는 걸 알았다

# 새들은 어디로 피할까

소나기가 포탄처럼 쏟아지면
새들은 총알처럼 숨어버린다
나뭇잎에 물집이 생길 것이라고
숲을 떠나지 못한 채
궁리 속으로 사라진다
발자국 들키지 않은 고요 속
새들이 서로의 꽁지를 갖다대며 웃는
작은 둥지에는
삶은 감자와 순한 강냉이들이
헐렁하게 시들어가는 익숙한 풍경인데
비 그치면
한 장의 그림 속 가족들은
나뭇가지 사이를 유영하듯
빗물 털어내며 흩어진다

# 오월 꽃

그래요
그때는
이 땅에 태어난 목숨 달린 짐승들 모두
대통 속을 들여다보며 눈이 멀어 갔지요
너나없이 눈동자가 터질 듯 눈이 멀어 갔지요
눈에 피, 가슴에 피, 흐르다 고인 피,
피였어요

보아요
지금도 백날백날 피가 흐르고
석류처럼 터지는 함성
사진 속 무명옷 청년은
아직도 웃지 않아요
천년을 삽목으로 버티어 온
천만 송이 꽃들만 피고피고 하네요

# 세월호 지다

오메 오메 어쯔끄나
내 자슥들 어쯔끄나
망망한 바다는 대답이 없다
뛰어들어 너를 붙들리라
탯줄 던져 너를 건지리라
산을 헐어 바다를 메우리라
오메오메 어쯔끄나
아이야 제발
까만 바다가 되어버린 어미 가슴
눈에 시뻘건 불 켜서 보아야 했던 순간은
배의 지느러미마저 자즈러드는 것
지금, 혼령으로 너에게 가리라
하나님 하나님 부르다
어미의 혼이 빠져나갔다

# 누름꽃

풀꽃 풀잎 책갈피에 나열한 채 가두어
무겁게 눌러놓는 의례가 끝나고
제 몸의 기운이 빠졌겠다 싶으면
뜻 모르고 애잔해진 몰골들을 들여다본다
천상의 샘물 모아 이슬 만들고
햇살의 체온으로 견디었던 어둠의 소리들과
바람 시선 따라 쏠리던 행보들과
숨결 끊긴 솜털 사이로 살아있는 말씀들
전학 가서 소식 끊긴 짝꿍이거나
흙이 되었을 옛적 벗님들이어도 좋겠다
토라지고 잊혀진 미운 기억이면 어떠랴
압지 밑에서도 당당한 꽃잎들과
저항 없이 안겨오는 건초 내음
풀이름 꽃이름 불러주며 깨어나라 명한다
이승의 문을 나설 때 누군가 내 이름 부르면
간절히 부르노라면 돌아볼 수 있을까
별이 못된 발목만 화석으로 남는다

# 모닥불

뒤란에 켜켜이 쌓아 둔
장작 헐어 불을 지피면
어디선가 날아온
불새들의 춤이 시작된다

무언의 몸짓으로
넘나드는 붉은 파도
둔탁한 몸뚱이를
흘금흘금 핥으며 호흡 바꾼다

숨 죽여 축축한 너울
한 겹 한 겹 벗겨내고
한마디 말의 무게까지 내려놓고서야
날아오르는 저 가벼움

장작불 앞에서
토우를 빚으며
잡히지 않는 환생을
둘둘 말아 불 속에 넣는다

# 아직도

떠난 사람을 꿈에 보는 날은
잊혀진 숫자들이 하르르 꽃불을 지른다
풀빛 옷소매 이슬 되게 헹구고도
바래지 않아 멀쩡히 살아
담장 위에 얹혀진 깨진 병 조각
그 야릇한 벽을 타고 담방담방 건너오면
빈 옴박지 안 퉁퉁 부은 달이
모로 눕는다

# 어떤 외출

낡은 유모차 밀고 가던 느린 걸음이
마른 잎전처럼 떨다가
건널목 한가운데 멈춰 버린다
아기도 태우지 않은 열린 차양 안
허리 꺾인 흰 수수꽃다리
시든 꽃덤미의 노래가 가라앉는다
어깻죽지 닳도록 허적인 물살이
그대로 바람이다
마른 이끼 젖혀지며
영락없이 들리는 손자의 옹알이에
몇 년 치 숨을 한꺼번에 몰아쉬고서
허연 낮달을 밀어 올린다
꽃분 나르던 앞마당 가로질러
놓쳐 버린 손을 부르며
다시 비장한 길을 건넌다

# 버들가지

강가에
풋바람이 일어
기별 없는 발자국 소리
물주름에 고여오네

포로롱
희근하게 벙근
여린 숨소리
꽃물들인 얼굴로
수줍게 손짓하네

웃음 흘리며
머뭇대는 손잡아
둔덕에 귀를 묻어
피리 소리 듣는다네

언물 녹아
약속 없는 기다림에
세월은 아니 가고
강물만 흘렀다네

# 무색

풋김들을 한 삼 년 푹 삭혀
웃물 떠서 물들이면
늙은 소의 닳아진 멍에 빛깔이 난다
윤회의 끝 길인가
한 번 들여진 물은 홍살문의 표징처럼
바래지 않는다
아직 제 색을 찾지 못한 부르튼 길목에서
발등에 고인 주름을 내려다본다
담 밑에 웅크린 떫은 욕심이
부르르 떨고 있다
먼 훗날
작은 몸뚱이마저 버려야 할 때
남기게 될 것들을 생각한다
먹물 몇 줄 말귀 어두운 그늘에서
말뚝잠을 자고
석류 즙 같은 그리움이
행여 풀꽃에 어룽질까
세상의 색으로 섞일 수 없는
나는

# 원죄

하와는 첫아들 가인을 낳으며
산고의 고통보다
더 큰 후회의 통곡을 하였겠다

간교한 뱀의 유혹보다
자신의 맘속에 들어있던
불평의 씨앗이
백 그루 실과보다
한 그루 선악과를 탐내게 하고
오감 속에 들어와 춤을 추던 사탄은
얼마나 낄낄대며 비웃었을까

서로 나눠 먹은 금단의 열매를
끝끝내 용서를 빌지 않고
핑계 대는 부부에게
무화과 나뭇잎으로는 안 된다고
짐승 잡아 가죽옷 해 입히시며
뒤돌아서서 눈물 흘리셨을 그분 아버지

# 물오리

얼었던 강물이 풀리고 잘강잘강
성엣장들이 백기를 흔드는 강가에 서서
팽팽하던 균열 틈새로 발목을 담근 채
강물의 뼈를 발라 먹는다
까닭 없이 텅텅 웃던 돌멩이들과
쩍쩍 금이 가는 소리가
물아래 마을을 흔들 때에도
단풍잎 발바닥은 얼지 않았다
다시 돌아와도 찬물인 그곳에서 온몸으로
물의 속도와 소리를 감지하는 것이다
야윈 물소리에 속살을 내주며
아무도 모르는 손짓으로
바다의 말을 건네기도 하고
천군 백마가 달리듯한
어느 한 때의 우렁한 소리를 뱉어낸다
붉은 대야 가득 껍질 단단한 세월을 까며
평생을 날지 않을 것 같은 갯가의 어미들
쭈그린 앉음새로 알이 되어간다

둥글게 말린 어깻죽지 밑으로
작은 불꽃들이 숨어서 탄다
어느 땐가 졸졸 따라나설 새끼들은
어미의 닳아빠진 손톱에 입 맞출까

# 기도

금요 철야기도회에
주님을 크게 불러 깨워놓고
오만가지 탐욕으로
다시 십자가에 예수를 못 박는다

아무렇지도 않는 가슴으로
또 구할 것을 헤아리며
번뜩이는 눈물 흘린다

새벽 햇살로 부활하여
내 마음 건져가라
기다리시는 사랑을 알 때까지
수 없는 못질을 참으신다

# 겨울 섬

새김질로 울대가 퉁퉁 부어버린
소 한 마리 몰고 간다
허리 굽은 노인은
몇 됫박 안 되는 곡식들을 말리며
연신 의붓아들처럼 냉랭한 바다를 건네다 본다
양철지붕 덜렁대는 바람은 그네를 타고
철 지난 무화과나무에
덧난 상처 같은 열매가 말라가고 있다
햇살도 먼데
남겨 둔 쪽지 한 장 같은
흰 산다화가 피어나면 돌아오겠지
들어오는 문이 하늘이고
나가는 문이 바다인 곳
수평선 바라보며
신발 안에 그득한 모래알을 헤아린다
혈맥의 끝자리에 서서
얼지 않는 바닷속 이명 소리 들으며

# 어느 눈 오는 밤에

바람도 모르는 하얀 손짓들이
사막을 빠져나온 모래알처럼 쌓이는 시간
한 사내가 맨발로 눈길을 걷고 있다
왔던 길도 가야 할 길도 지워져 버린
무덤 같은 덮개를 쓴 채 말이 없다
한 가닥씩 견뎌온 세월의 칼날처럼
흰 빛의 끝없는 여정이 고단한 입김을 삼킨다
어디서 놓쳤는지 벗어버린 구두를 양손에 들고
손톱으로 긁어내리 듯 부르는 아내의 이름
목울대가 붉어 운다
붓 그리다 삼켜 버린 초생달 같은 흔적도
무게 못 이겨 가라앉은 인연도
하룻밤 정사처럼 불티 되어 달아나 버리고
하늘 끝 고요만 무릎 꿇고 있다

# 2부

## 스미다

점점 짧아지는 꼬리뼈에서
낙엽 타는 소리가 나는 줄도 모른 채
새들의 언어를 배워가며
공중에 문패 달린 집 한 채 지으려고
둥글었던 모습이 울퉁불퉁 각을 세운다

# 모시옷 한 벌

부채 끝에 꽃잎이 펄럭이면
무릎에 비벼 풀실로 짠
모시 베 한 필 바꿔다가 마름질 한다
보일듯한 속내를 올올이 세어
박아서 자르고 또 꺾어 박아
참새 부리 같은 섶에서 매미 소리가 니면
살금살금 뒤축 들고 깃을 세운다
야무진 깨끼옷 곱솔 박음질이
흐트러지지 않는 물길처럼 곱디고울 때
치마 적삼 가지런히
찹쌀 풀 먹인 풀벌레 옷깃
새벽 이슬에 걸어 두었다가
자근자근 밟아 빠슷하게 다린 후
숫눈 같은 동정 달고 나면
한 송이 흰 연꽃이
먼 날의 인연처럼 피어난다

# 물 염

찬 기운 남아있는 마른 가지에
청매화 희끄므레 벙글리는 봉오리를
성근 별자리 헤아리듯 목다심으로 바라본다

천상의 샘물 같기도 하고
헤슥게 웃는 얼굴 같기도 하다고
달빛인 듯 꽃빛인 듯한 숨소리 듣는다

옹삭한 살림집에 돈벼락이라도 맞았냐고
누가 물을 양으로
환장하게 달아오르는 몸알이다

후제라도 갈피 속 너를 만나면
물들지 않으려고 흘리던 눈물을
그해 봄날 보았다고 말해주고 싶다

# 모과(母果)

오래된 모과나무에 달린 누런 열매는 표지판이다
툭, 집을 나선 별찌돌 하나
삭지 않는 플라스틱 유골들 사이로 제 몸을 구을린다
태생이 구를 수밖에 없는 구조임을 알아가며
바람의 수신호를 따라 다닌다
돌아갈 수 없는 곳이란 없는 줄 알겠지
지워진 발자국 틈새로 풀꽃이 핀다 한들
향기만 기억하면 다시 볼 줄 알겠지
보이지 않게 멀어졌을 때는 차라리 뛴다
점점 짧아지는 꼬리뼈에서
낙엽 타는 소리가 나는 줄도 모른 채
새들의 언어를 배워가며
공중에 문패 달린 집 한 채 지으려고
둥글었던 모습이 울퉁불퉁 각을 세운다
문득 멀리 와 버린 길목을 더듬으면
모과나무에 암호를 숨긴 향낭처럼 엄마가 있을까
이따금 돌아온 사람들은
달빛을 쥐어보듯 낙과를 손에 들고 말이 없었다

# 연

푸른 폭
너른 자락에
쏟아내는 그리움
사리 되어 방울지는데

부질없다고
부질없다고
사래질로 떨구고는

비우고야 피어나는
비우고야 향기로운

꽃잎 지던 날
속사랑이
심장에 박힌 채로
연밥으로 남는다

# 국화꽃 베개

말린 국화 가득 담긴 베개 베고 누우면
유언 같은 향기가 귓속에 또렷하다
창문 열면 마주 보는 곳에 너를 두고도
맥박 같은 날들을 빙빙 돌았다
꽁지 빨간 잠자리 무리 속에 섞여
매미의 목청으로 소리 지르며
푸른 계절의 속자락을 붙들었다
사람의 몸에 거북목을 달고 다닌다고
엑스레이 속의 경직된 목선을 보고서야
하늘을 쳐다보지도 않았던 지엄한 벌이
끝내 박제가 되어 굳어가는 것을 알았다
맑은 정신으로 살 수 없었던 짧은 모가지로
비열한 침묵이거나 돌덩이로 위장하는 변신이
유능한 처세술이라고 믿어버린 거북이가
한 번도 만져보지 못한 자기 목덜미를 붙들고
어딘가 막혀 버린 혈로를 찾아
베갯속 꽃향기를 따라나선다

# 설합(舌盒)

설합이라고 쓰고 서랍이라고 읽는다
할머니는 빼칸이라고 읽으시겠지
다 뱉어내지 못한 혓소리를 담아놓은 곳
청동 옷을 입어버린 은비녀의 세월과
지금은 쓰지 못한 제국의 엽전들과
흑백사진 속에 살아있는 일가들
설합이나 빼칸이나 여닫이는 확실하다
'설'이나 '빼'하고 열릴 때도
혀끝으로 파수꾼을 세워야한다
'합'이나 '칸'도 빈틈이 없다
붉은 혀가 담긴 설합 속
허망하게 녹아버린 눈길이거나
강물에 흘려버린 검증되지 않은 속내라도
떠도는 것들이 아니라 숨겨져 연명하는 생명이다
쏟아버린 분노가 아니라 움켜쥔 씨앗이다
때로 그 속 들여다보면
거울 속 정지된 얼굴이 나를 본다

# 호우주의보

뉴스화면 끝자락에 오늘밤 250미리 국지성 호우를 알리
는 일기예보는 표정 없이 전달되고 있었다 이미 1000미
리 수액과 150미리 항생제가 혈맥을 타고 내 몸속의 반
란을 제압하기 위해 투여되고 있다 진통제 해열제 항생제
제의를 나열하는 신령한 제주의 제안대로 꼼짝없이 제물
이 되고 있다 축 늘어진 오징어 한 마리가 시트를 적시고
몸을 말릴 때 꼬돌꼬돌 석쇠 위에서 오글거리며 제 몸 타
는 냄새를 밀어낼 힘도 없다는 것을 알아가는 과정은 생
략된다 검붉은 피가 몇 대롱 뽑혀 나가고 의식의 끝에서
아물거리는 얼굴들도 감은 눈 밖에서만 웅성일 뿐 호우를
피하지 못할 발 묶인 나무들과 허름한 귀틀집과 산등성이
잔돌들의 아우성이 동동거리는 응급상황이다

# 가을밤

달빛에 패인 섬돌을 딛고
서늘하게 식은 풀잎이 건너온다
헛기침 소리로 여문 밤톨 툭 건드리며
빚 받으러 온다
성성하게 혓바늘 돋은 칼 하나 품었다
내 심장을 노리고 있다
밤을 새운 귀뚜라미 숨겨진 소리들이
날개를 떨고 부비며 가다듬은 청음으로
나를 해부한다
자지러지는 가슴에 붉은 손자국 선명한데
행여 창자 속 들추일까 숨이 멎는다
아무려나 부끄러운 뒤란에는
흩어진 사금파리 사이로
풀씨만 저리 날리는데

# 갈대

사생아처럼
뻘밭에 맨발을 묻고
바람 없이도 흔들리는 건
잊혀지지 않기 위해서이다

울금빛 자락 위로
짠물 같은 갈증을 토해내며
바람 없이도 흔들리는 건
돌아서지 않기 위해서이다

푸른 날개를
비수처럼 감추고
바람 없이도 흔들리는 건
쓰러지지 않기 위해서이다

# 할아버지 임종

첫 치마가 바래가도록
농지기 하던 이불 한 채
세상 밖으로 나와
헌 옷 수거함 위에 앉아 있다

커다란 보자기 틈새로
홍단의 빛이 역력한데
머리 깃 붉은 새 한 마리
빠져나와 날아간다

흰 호청 다듬질 소리 따라나선 길목에
삐비꽃 허옇게 허옇게
떼로 피어
바람의 흔적까지 보듬고 있는데

옥양목 버선코에 수를 놓던
할머니의 아슴한 살품에
보름달 같은 덫을 놓으면
물컹 잡히는
첫 정

# 상여 소리

천 길 돌아온 낙수처럼
초침 위로 씨알을 뱉어내고

짱짱하게 튕겨대는
모음과 자음 숭숭 뚫고 다닌다

몇 가닥이던가

만장이 휘날리는 허허로운 벌판에
몸 하나 뉘일려고

멍든 부리로
목탁을 두드린다

# 별빛

그림자도 없이
몇 겁을 달려와
시린 손 잡아주며
인연이라 하네

푸르게 울던 강물 위로
빛나는 얼굴 다가와
순결한 호흡으로
눈 뜨라 하네

마중물로 길어 올린
심장수에
다시 피어나는 화산 불로
생명이 되라 하네

아린 가슴에 손을 넣어
태몽처럼 삼키고는
신비한 영혼 되어
잠 깨라 하네

# 대숲 소리

가랑비로 행군 잎새 제 모습이 또록하오
꽃 없이도 사는 세월 죽순으로 피워내니
키 다툼도 어여뻐라 숲이 되었네

소쇄소쇄 물 흐르고 소쇄소쇄 바람 불어
묵죽으로 그려놓은 먹물자락 씻겨지면
간들간들 흔들어서 참새들을 깨울 건가

피리젓대 불 적에는 태평성대 웃음소리
죽창 들고 나설 적엔 청청 울린 고함소리
고고샅샅 발자국이 푸르르게 여물었네

한 세월 어울림이 푸르러서 좋을시고
바람은 그들에게 무어라 하였기로
저리도 정겨웁게 소살대는고

# 물집

혼자 앓고 싶을 때마다
투명한 집으로 숨었다

작은 보자기 한 장으로
가리워지던 유년처럼

젖은 물꼬에 누워
여남은 날을 누에잠 잤다

이 물길 건너면
푸른 이슬 떨리는 강가에 다다를까

촛농 고인 긴 밤 비비며
소리 죽여 울었다

# 나무전 거리

제재소 톱 켜는 소리가 다부지게 결을 나눈다
밀림의 포효가 겨드랑에 남아 찐득하다
찔끔찔끔 영역표시 해 놓던 가랑이 튼실한 원숭이는
결별 후에도 꿈으로 이어지는 세상까지 따라왔다
움직이지 못할 것 같았던 한 그루의 숨소리가
조각되어 지폐처럼 흩어질 때
차가운 유리알을 껴안고
노을바라기로 눈이 멀어가는 창문이 되기도 하고
조신한 문짝에 빗살무늬로 박혀
절집 염불공양이나 들으며 한세월 보낼지도 몰라
누군가의 눈길에 길들여 가며
숲속의 이야기는 전설로 남아가겠지
스스로도 알 수 없는 단 한 번의 변신으로
물구나무 서는 세상을 알아버렸다
나이테가 자라지 않는 어처구니없는 세상에서도
원숭이의 영역은 무장무장 넓어져 간다

# 배롱나무 이야기

그 좋던 봄날 다 지나
뙤약볕에 엎드려 빌고 빌어 마른 물고를 튼다

갑사치마 한 자락을 노을 아래 걸어두고
겹겹이 옹이 박힌 허물을 벗겨내면

희끗한 머리 위로 지키지 못한 언약들과
나른한 꿈으로 치장한 헛것들과

손톱 끝 흐르지 못한 몹쓸 사랑도
멍울멍울 붉은 물집 터뜨린다

헹구지 못한 꽃물이 발갛게 피어나면
풀잎에 베인 듯 꼿꼿이 아려왔다

오롯이 온 시절을 맨살로 버티고도
성성한 사람의 흉터만이 백날의 꽃으로 머무른다

# 순천만 일몰

혼돈의 시간이 자지러드는 해름에
붉은 알몸이 되고서야
흑두루미 가로질러
허연 갈대꽃 무리 지나
울금빛 강물에서 제 모습을 만난다
금 비늘로 출렁이는 한 마리의 물고기를
뻘 범벅으로 몸살이 하던 망둥어가
미간에 힘을 모아 오래도록 바라보고 있다
그도, 제 모습 보려고 거울 같은 물을 찾아
끝없는 갯벌을 헤집으며 뛰고 뛰었었다
천생, 뻘물을 삼키고 뱉어냈다
단 한 벌의 옷이어서 벗어버리지 못했다고
궁색한 변명은 말자
부서지는 강물에 혼절할지라도
홍옥의 수줍음으로 고백하는
하루의 언어를 만나는 순간이다

# 동행

냉이 꽃 피운 토분 하나
골목 어귀에 누워있다

무릎까지 청태 낀 반 흙이 되고서야
비스듬한 자유를 찾았나보다

머어언데 별빛으로 다가온 풀씨 하나
무너진 삭신을 비집고 뿌리를 내렸다

제 마음에 꼭 맞는 처음 사랑을 하고 있는 것일까
함께 흙이 되어도 좋을 성 싶은 이무러움이다

다독여 키우던 것들의 화려한 실종의 끝에서
아무려나 휭한 가슴 속 티끌까지 보듬어

인자는
부챗살로 웃으며 연리지한다

# 섬진강가에서

살빛 모래톱에
대숲바람이
그림자 날리고

넋두리는
징검다리 건너지 못한 채
주저앉는다

흐르는 물 위에 떠올린
인연의 잔 속으로
어린거리는 꽃잎을 본다

손금 어디쯤에
서러운 눈물 한 방울
뚝 떨어져

물 깊이
가라앉은 그리움
산그늘에 흰 물살로 피어난다

# 뻐꾸기시계

고물 되어 버려진 둥지는 컴컴하다
이약이약 나누던 초침의 속삭임도 버리고
쑥꾹쑥국 뻐꾹새가 어디론가 날아갔다
봄이 오지 않을 것이라는 허언은 말자
침묵을 선언하고 목젖이 잠겨 버린 채
숨은그림찾기 속에 숨죽이고 있다
찾아내지 못한 어딘가에 버젓이 살고 있다
밤새워 초침을 새어보듯 찾아 나설 것이다
조각난 상실의 퍼즐을 맞추며
거꾸로 가는 시간을 따라 너를 찾을 것이다
저울금 위에 올라앉은 고깃덩어리 틈에나
낱장으로 흩어지는 지폐 사이에 끼어 있든지
아스라한 목숨들이 밀려나 있는 꼬깃한 갓길
그 어디쯤을 서성대고 있을지도 모른다고 할 뿐
무엇을 찾아 시간 밖으로 나왔는지
유능한 학자라도 알아내지 못했다

너는 원래 숲의 새였다는 것을 시간이 멈춘 뒤에도 몰랐
을까

# 벚꽃 길

아직 초록이 보이지 않은 길목인데
숨을 한꺼번에 몰아 쉰 거품들이
그물코에 걸려 바둥댄다
비장한 선을 그어 놓고
가두어 놓은 멍울들을 터뜨린다
이별 없는 곳에서도 이별을 준비히는
꽃잎보다 빠른 권태가 봄빛을 잡아당긴다
그래 기왕이면
벚꽃 펑펑 피어나는 꽃길에서 헤어지자
가면 없이도 송이송이 웃는
꽃숭어리 쳐다보며 헤어지자
어루화 어루화
원앙어의 눈깔을 허리춤에 차고도
꽃은 지고
나비 춤사위를 모르던 시절에도
꽃은 피더라
어루화 어루화
옥수수 알갱이 같은 생각들이
꽃잎보다 빠르게 달리고 있었다

# 단풍

노을 속으로 숨던 붉은 해를
눈 멀게도 바라보더니
빨강으로 노랑으로 물이 들었네
바라보노라면 정이 드는 것을
정이 들면 닮아지는 것을
감추지도 못하고 내보여야 하는 날
꽃보다 이쁘게 차려입고
그대 춤을 추는가 울고 있는가
이제
절정의 색을 얻었으니
빛살을 따라가소
고운 이름으로 떠나는 이여

# 해의(海衣)를 굽다

햇김 한 톳을 헐어 굽는다
사그라진 불기운에 슬쩍 들치면
잠깐 환생하는 해의를 만난다
바다의 옷에서는 훌리는 소리가 난다
열을 통과한 한 장의 풀빛 얼굴에는
바닷속을 너울대며 부유하는 갈피마다
어른대던 수평선의 신음이 있다
짠물에 몸을 던져 찾으려했던 것들과
밑바닥을 훑으며 입맞춤하던 것들이
훨훨 타오르는 불길에서는
종이보다 빠르게 사라진다는 것을
김을 구워보면 안다
햇김 한 톳을 다 굽고서야
한 방울의 수분도 남지 않는 백의를 입고
잿불 위에 눕는다

# 세월이 가면

혼자일 수밖에 없어
눈물 젖은 빵도
노랑 붓꽃으로 피어나

내려놓을 수 없어
신화 같은 짐도
달 속의 이야기되어

어찌할 수 없어
삼키던 서러움도
모오리돌이 되어

어느 날
작약 꽃 만발한 뜨락에 서면
뭉클뭉클 붉덩물이 흘러

# 빈 항아리 속

흰 바람 끝 붙들면
퍼런 피멍이 든다

손을 데일 것 같은
부끄러움이
뒷 잔등을 타고 내려와

잠재우지 못한
청춘의 낯빛으로
넋두리한다

사위어 가는 이름이
짠기 빠진 소금처럼
주저앉을 때

강물 젖은 발소리가
빠꼼한 틈새를
밀고 들어온다

# 가을 단상

먼 산 새소리가
물살에 매달려 흐르다
누런 진잎 되어 가라앉는다

바늘귀에 꿰어 넣던 꿈들은
멀리서도 또렷하게 서성이고

쓰디쓴 섬모초 비워내면
유리알 같은 모습들이
눈썹 끝에 모여든다

낮에도 뜨는 달이 맨발로 내려와
눈곱만 한 씨앗들을 주워 담는다

# 산중에 눈이 내려

하늘의 흰빛과
땅의 흰빛이 만나는
멎어 버린 시간

죽비 후려치는 소리에
늙은 동굴이 밤새 울었다

숫눈길 위에
발자국 만들다 사라져 버린
새 한 마리를 찾아 나서는 듯
바람이 일고

눈더미를 못 이겨
툭 부러지고 마는 빈 가지
달빛도 따라 쏟아진다

# 바리스타의 곁눈

사랑이 생두여서 풋내 난다
천 번을 뒤집어 태우고
또 천 번이 부서진
열대의 훈김을 서서히 식히며
커피를 나눌 때 안다
여자가 커피에 시럽을 섞는 사이
남자는 커피에 말을 섞는다
여자가 마카롱 하나를 커피에 적신다
남자는 여자의 취향을 바라본다
여자가 눈이 올 것 같다고 창밖을 내다본다
남자는 눈은 올 것 같지 않다고 말해버린다
커피 이야기는 하지 않았다
끝내 눈도 오지 않았다
여자의 깍지 낀 손이 풀어졌다

# 눈사람

둥글게 뭉칠 때부터 눈치는 챘었다
니가 웃음보라는 것을
아무 힘도 없던 것이
몇 바퀴 궁글리면서 커지고 있었다
코앞으로 다가오는 눈덩이가 웃었다
한 개의 뭉치를 키 맞춤으로 올려놓을 때
더 크게 웃었다
눈 코 입 만들어 주는 대로 웃었다
느슨한 햇살에 찌그러지면서도 웃었다
젖은 물그림자 남기면서도 웃었다
너를 생각하며 나도 웃는다
내 사랑도 웃음보가 커지는 것으로 기억되는
눈사람이었으면 좋겠다

# 늦바람

네모와 세모를
정확하게 따로 그릴 수 없는 양손으로
건반에서 울리는 화음을 쳐본다

태생은 한 마음이로되
연습을 거듭하면
두 마음 세 마음도 품는구나
숨어 있던 모든 열정이 튀는구나
박자 없이 쉼표도 없이 마구 가는구나

가쁜 숨 몰아쉬며
한 가지로 살아온 많은 날들
시간 허물어
남은 촛불 그림자
난실난실 춤을 추며 너에게로 간다

3부

녹이다

꽃을 떨군 자리에
바람의 흔적들이 여물어간다
옻칠 벗겨진 초꽂이에 남아있는
파라핀 잔해 같은 그리움도
다리 접고 종이비행기처럼 날아오른다

# 매화

달빛으로 헹군
볼웃음이 하 고와서
손 내밀지 못하고
바라만 보네

머무는 자리마다
꽃등 밝혀 들고
누구를 기다리는지

찬바람 비켜가는
흰 살내음에
녹아져도 좋으련만

꿈결인 듯 안겨드는
한 마리 새
가지 끝에 조아린다

# 상춘객(賞春客)

외진 산 고을이 환하다
늙수그레 키 작은 산수유나무
이약이약 밤별 같은 소문으로
꽃들이 사람구경을 한다

새벽 갓밝이에 길을 나섰던 청춘들은
분설 같은 소식들을 간간이 전할 뿐
돌아오지 않았다

담뱃물 든 한숨까지 꽃이어야 했던
붉은 씨알들은 봄을 기다려
돌담 너머 사람들을 부른다

감노랗던 거적눈 부비며 담을 넘는데
몰려든 사람들의 물색없는 치장에
다시 움츠려 떨까보다

# 아카시아 효능

단내 머금은 아카시아 흰 살 내음이
오월의 훈풍을 희롱한다

막 물이 오른 연록색 생력에 볼을 부비어
설은 이와의 눈 맞춤에도 헤프게 웃고 만다

거나하게 취한 술 향기로 남아
친구의 슬픈 이야깃거리가 되어도 좋고

사랑타령으로 속알이 하는 벗에게
한잔 올리는 찻물 속 가라앉은 청춘이면 좋으리

누군가의 병든 심장에 꽂혀
혈관에 흐르는 맑은 기억이면 더 좋으리

먼 길을 맨발로 걸어온 나그네가
꽃잎 흩어지는 산자락 서성이고 있다

# 앉은뱅이책상

앉은뱅이책상에 앉아 있으면
뒷모습이 폼이 날 것 같다
별 기발한 생각들로 골똘해지고
이루지 못할 것 없는 꿈들은 혈서를 쓴다
앉은뱅이책상에서는 연필이 제격이다
그적거리다 그어버린 말들까지
되새길 수 있어서 덜 죄스러우니 좋고
쓰다가 멈추는 동안 즐기는 뻔뻔한 여유가 좋다
다른 별 운석 같은 컴퓨터 화면은 눈이 부시고
멀쩡한 내장까지 홀치기 당하는 듯 바쁘다
바짓단을 걷어 올린 튼실한 다리로
강 하나는 건널 것 같은 앉은뱅이책상이 일어선다
푸른 용기가 돋았다

# 소쇄(瀟灑)
-그 맑고 깨끗한 기운

맑고 깨끗하기 흉내로 소쇄원에 들어서면
부딪혀도 금이 가지 않는 소리 들린다
소쇄 소쇄
몸통 비우는 소리
소쇄 소쇄
세월 숨기는 소리
대바람 소리 물소리에 씻겨 내린 허물들이
고이지 않고 흘러야 읽을 수 있는 소리라서
우리말로도 어렵고 한자어로는 포기하기 일쑤다
꼬불꼬불 빽빽한 틈새로
물 흐르고 바람 스쳐 고슬고슬 열리는 길
쉬울 리 없는 씻김이라
몇 겹의 반복으로 육피에라도 새길 수 있을지
발 씻어 주셨다는 손길 위로
내 멍든 발을 가만히 포개 올린다


*소쇄원: 전남 담양에 있는 조선시대 정원

# 허상

홀로 걷기 마치맞은 언덕길에서는
햇살도 해찰을 부린다
누군가의 공력으로 쌓아 올린 돌무더기 탑
돌들은 부처가 되어 앉았다
탑이 쌓여지는 동안 길이 열린다
몇 번인가 허물어져도
누군가 또 손을 내밀어 길을 만든다
아스라이 걸쳐놓고 돌아서 가는
저 행인아
돌 하나에 인생을 걸지 마소
슬픈 조각으로 우르르 쏟아질 때도
또 다른 길에 널려있는 목둣개비 같은 돌멩이까지
다투어 오르락내리락 회전하고 있음에

# 세광탕

씻기만 해도 빛이 난다고 이름지었겠지
꼬장물 더운 김이 술술 빠지던 하수로가 썰렁하다
희부스레 유리창 너머 호기심도 나이 들었다
고고샅샅 땟자국을 떡고물처럼 쓸어내리고
신종 과일 같은 향기를 즐기던 곳
물기 마른 간판이 구부정하다
은밀한 곳까지 내보이던 마지막 보루는
광장의 아우성으로 남겨질 뿐
잿빛 허물들은 독탕으로 숨어들었다
배설물이 꽃으로 피어나고
상서롭지 못한 말들이 시가 되는 창작소
기발한 생각이라도 한 것처럼
문틈을 들락거리는 하루살이가
수레바퀴에 고인 물로 몸을 씻는다

# 누렁소를 쇼핑하다

놀장하게 갈빛 도는 외투를 입어보던 여자가
소털색이 맘에 든다고 단호하게 명명하는 순간
시골 어귀쯤에서 반기던 쇠꼬리 흔드는 냄새와
널찍한 등걸, 그 윤기마저 흐르던 부요가 튀어 나온다
뜨거운 쇠죽이 넘치던 가마솥 언저리와
마른 건초더미만으로 한없이 평온하던 새김질을
여자는 덥석 안아버렸다
학자금과 바꿔버린 소 값을 지불하듯 지갑을 열었다
눅눅하게 젖어버린 논둑의 한숨으로
검누렇게 소가 되어가던 아버지의 잠뱅이
낡은 기억을 뚫고 나온 한 마리의 소 때문에
치자 빛이며 가지색 오동색들까지 줄줄이 고개를 내민다
신비로울 것도 없는 일상의 기호로 개명 당한
하늘 아랫것들의 얼굴에 제 이름들을 붙여
먹먹한 워낭소리는 넓은 무지의 숲을 가르고 있었다

# 둔갑술

뜨락이 점령당했다
이파리 틈, 땅 틈이 모두 제집이다
외출도 맘먹기 나름이고
꽃들을 성찬으로 즐기는 식성까지
온갖 습성으로 넓은 토지를 소유했다
슬슬 눈에 띄는 녀석이 있다
흉물스런 몸빛에 셀 수 없는 발길질로
부산 떠는 꼬락서니다
슬쩍 건드렸더니 콩이 된다
제 몸을 말아 죽은 체까지 한다
풀섶으로 몸을 굴려 도망친다
똑똑하다 지혜롭다 스스로 우러른다
들추어 보니 여러 마리 우뭉스레 모여 있다
번식의 능력까지 최상급이다
속임수 쓰는 괘씸한 놈
동료들까지 물고 늘어지는 놈

신발 끝에 힘을 주는 사이
발발 굴러서 사라지고 없다
위기의 순간을 없는 듯이 넘기는 내공으로
어딘가에 다른 모습으로 숨어서
시득시득 웃고 있겠다

# 치매

노인은 파리 잡을 생각이 없다
오이 조각에 붙어있는 개미 떼를 보며
바람 못 느끼는 자신의 한쪽 팔에도
파리가 수없이 붙었다고
빨간 파리채로 연신 사래질만 한다
멧새 한 마리 총총 날아와
누렇게 익어버린 매실나무에 앉았다가
불두화 흥건한 꽃자리에 놀다가는 것을 본다
노인이 주섬주섬 일어나
생경스레 쫓아간다 달려간다 날아간다
아무도 없는 흰 낮에 휠체어 마차를 타고
노인은 전속력으로 대문을 빠져나왔다
붉은 치맛자락 불이 붙었다

# 무궁화

혼백이 스며든 종이꽃
불살라 소재를 드려도 다시 피는 꽃
외방 자손처럼 뉴스 화면에나 피었던 꽃
뜰에서도 제외시킨 그림이다

갓길로 밀려나 선혈의 피 뿌려진 곳
낙관으로나 찍혀졌다
피로 이어지는 가슴앓이
백두에 한라에 묻어두고

종이 접고 찰흙 빚어
수를 놓고 헝겊 오려
다시 꽃을 만든다
백날이고 천날이고 피어 있기를

# 낙. 낙. 낙. 곡선

갈잎 한 장에게 말을 걸었다
정교한 꿈길이 암호처럼 남겨진
구멍 뚫린 낡은 지도 한 장 품었다
떨어지지 않으려고 버티지는 않았을 것 같은
깔끔한 꼬투리 흔적이 결연하다
손이 닿지 않은 하늘 가까운 곳에 있던 것이
발아래까지 내려오는데 걸리는 시간이
차 한 잔을 마시며 마주치는 순간이라고
터무니없는 눈속임으로 계산하지는 말자
등짐이 헐거워질 때, 비로소
그에게도 있었을 이름으로 하늘을 날았다
단 한 번의 저항으로, 단 한 번의 순종으로
안무 없이 연습도 없이 몸을 맡기면
홰를 치는 진동으로 멋들어진 춤사위가 되어간다
선명한 비하의 곡선이 경전의 말씀 한 줄이다
자벌레가 그려준 지도가 허상임을 알아가는 시간
밑줄을 그어 그에게 헌정한다
행보의 끝에서는 거룩한 입맞춤이 시작되고
나도 비로소 가을 속으로 걸어갈 수 있겠다

머리에 꽃불 이고 아장걸음으로
멍든 빛도 빛난다는 것을 알아가며 옹알이를 한다
오래 입은 옷의 구김살 같은 넋두리도
한 사발 청량한 물빛이 된다

# 내가 없는 곳에서도 내 생각하시나요?

깃 서른 님은 여자는 임신 중독으로 콩팥을 잃었다 아이
도 잃었다 남편도 떠났다 피붙이는 한쪽 콩팥을 나누어
주고 여자를 살렸다 불어버린 몸뚱이를 뒤척이며 뜨덤뜨
덤 일어나 수액 달린 바지랑대를 밀며 유령 같은 침묵으
로 화장실을 다녔다 누구도 찾아오지 않았다 핸드폰도 울
리지 않았다 종료된 드라마처럼 아무 싸인 없는 시간이
흘러갔다 나는 퇴원하며 여자에게 지키지도 못할 말을 해
버렸다 당신이 없는 곳에서도 당신을 생각하겠다고…

# 분꽃

일흔 넘긴 여자는 수줍지 않았다
민소매 겨드랑이가 다 드러나도록
기생년의 분내를 기억하는 놈들을
죄다 정죄하며 빗자루로 분꽃을 때렸다
또록또록 떨어지는 해웃돈 같은 씨알들
달리는 바퀴에 끼워져 어지럽게 회전한다
아이들 손장난에 때가 묻으며 굴러간다
더러는 가슴에 추를 달아
손 타지 않은 풀섶으로 숨기도 한다
분가루 가면 쓰고 얻어 낸 것들이
한 마리 벌레임을 절망하면서도
초생달 입술 내미는 연짓빛 무렵의 유혹
늙어버린 여자의 놓쳐버린 향기가
저물녘 바람결에 까맣게 굴러간다

# 헤나 타투

틈틈이 허리를 비틀었지. 가늘어지면 상승되는 그래프가 모조품을 만들었어. 영락없이 고벨화가 피기 시작했어. 손바닥 가득 꽃을 그렸지. 날아오는 나비 떼를 후려 칠거야. 촘촘히 가시 박힌 꽃가지에 속는다니까.

살을 파고드는 헤나의 염료는, 원초의 빛을 몰아내며 눈살을 모았지. 가늘게 떨리더군. 해독할 수 없는 변방 족장의 암호일 거야. 모음의 나열로만 색을 나누며 모여들지. 숫자를 가진 자들을 비웃지만, 표본액자에 입주하면 죽은 것들도 고귀해.

청춘의 낯빛으로는 겨울 냄새가 나서 그래. 착색의 기운이 머무는 동안 색에도 힘이 있다는 걸 알았어. 부러진 다리가 꼿꼿이 펴지더라. 요정의 날개가 섬세하게 움직이는 거야.

내 몸이 움직이면 따라서 요동치는, 너는 내 사랑하는 족속이다. 팔목에도 배꼽에도 풋말을 붙여봐. 이 멀미나는 무대 공포증이 멎는다니까. 유랑극단의 막이 내려지는 순간까지라도 어때.

# 벌곡 휴게소에서

고향 가는 버스도 없는 휴게실 모퉁이
산맥을 넘어 온 유랑인들의 행렬 끝에서
유쾌한 플라멩코의 가락이 자지러진다
붉은 허리춤에서 꿈틀대는 먼 나라의 가락
향신료 내음 불쑥 풍기는
몸 색깔 다른 청년들의 모국어는
야생의 손놀림으로 소리쳤지만
가망 없는 관객들은 들썩이지 않았다
한 모금의 커피를 마시는 시간을 내놓을 뿐
아무도 함께 춤추지도 않았다
짐을 실은 차를 향해 흩어지는 팍팍한 걸음들
떠나 온 사람들이 떠나는 사람들에게
어느 쪽으로 가는 길이냐고
찰나의 광음을 터트려 묻고 있다

# 날아 볼까나

날아 보지 못한 궁금증으로
페러 글라이딩을 선택한다
끝 간 데 없이 날아 이승의 세월을 기억하는
어디 한 자락 바람으로 떠돌지라도
나는 물 속보다는 하늘 속이 좋아
내가 접어야 할 모든 수식어를 버리고
바람의 길을 찾아 비행을 나선다
한 벌의 날개옷을 입고
하늘을 날고 있을 것이다
걸음마 떼고 처음으로 고까옷 입고
폼 나게 나들이 가는 아이처럼
푸른색의 산천들과 조개 같은 집들
아는 이를 찾을 길 없는 막막함과
홀로임을 절망할 틈도 없는 날갯짓으로
목표도 없이 목적도 없이 날아
처음의 모습처럼 바람으로 흩어지고 마는
흔적 없는 이동을 생각한다

# 분단

방충망을 사이에 두고 구별되어 숨 쉬는 것들
엄연히 다른 자유가 성장한다
스스로 갇혀버린 것들도 바람을 청하고
풀벌레 소리에 귀를 묻는 사이
호랑나비 애벌레는 살이 오르고
밤이슬을 탐내는 달팽이의 느린 걸음이 담을 넘는다
사람들이 나이 드는 소리를 들으며
귀뚜라미가 토해내는 울림은 짱짱하다
사람들이 쏟아내는 냄새에 코를 막으며
꽃들의 향기는 독해져만 간다
태초의 빛과 색에 덧칠한 무엄한 죄로
막혀버린 숨골이 버둥대는 찰나를 살며
위험한 낙천주의자의 선을 넘는 소행으로
달이 등을 돌리는 줄도 모른다

# 다른 이름으로 저장하기

바싹 마른 옥수수 알갱이들이
불 맛에 그만,
다시 돌아올 수 없는 뜨악한 변신을 하고 만다
흙 맛에 길들여진 유전의 옷을 벗고
꿈으로 날아버렸다

생명의 상실에 모아지는 사악한 시선들을 충족시키며
또 다른 이름으로 새 폴더에 저장된다
눈꽃이라고, 터짐라고, 고통이라고,
꼭 맞는 이름 찾다가 '탈춤'이라고 쓴다

포화된 굴레의 포문이 신호였고 유혹이었다
양수 터뜨리며 태명을 버렸다
서로를 알아볼 수 없는 판화 속으로 달려가
끝나지 않는 무도회의 볼륨을 높이며 춤을 춘다

사막을 벗어난 모래알처럼
비명 같은 기도를 흔적 없이 묻어두고
배가 터지도록 웃고만 싶은 은화 같은 사랑을 찾아
바스락대는 객기로 두리번거렸다

기회를 속인 뻔뻔함과 잔재주를 즐긴 대가로
가면 속 얼굴은 백골로 삭아갔다
동전 몇 닢,
소낙비 쏟아지는 소리 되어 우렁하다

# 녹차 밭에서

푸른 노을로 굽은 등이
묵은 가지 엉킨 이랑 사이로 누워버렸다
새순 내어주며 또 한 해를
혀 잘리고 입 다물어 와신 수행중이다
사철 푸르르다 하여 그 속 눈물 없겠는가
엎드려 빌고 빌어 연명하는 생명도 초록이고
가난한 마음이 피어 올린 꽃대도 초록인데
가락지 포개놓고 탑돌이 하듯
포물선으로 이어지는 맹세들이
웃어야하는 한 순간의 허상을 찍고 있다
석양이 되고서야 보여주는 둥근 해 바라보며
떫은 꼬라지와 뻣뻣한 독기를 내려놓는
혹독한 수련의 긴 울림의 소리를 듣는다
정갈한 떨림으로 덖음질 견뎌 낸 찻잎 띄워
웃고 있는 사진을 현상하듯
푸릅, 한 모금의 차를 마신다

# 대나무 그리기

먹을 갈아 대숲을 그려놓고
바람 청하여 차를 우린다
먹색이 흐리니 비가 올 듯도 하다
비가 와서 검은 물 쭉 빠지면
청푸르게 빛날 저 댓잎들
사람 인 자로 모였으니
묵죽이 청죽이 되기는 영 글렀다
검은빛을 고집하고도 속이 비었으니
나는 쓸데도 없는 대숲을 지녔다
검은 잎으로 무성한 저 숲을 흔드는 것
참새라도 여남은 마리 그려야겠다
원래는 늘 푸르게 하늘로만 향하는
뻣시고 고집 센 청춘이었다고
입방아로 지줄대면
그 소리에 허리춤 으쓱이며
툴 툴 털고 일어서라고

# 봄빛을 훔치다

어느 해라도 봄날은 그랬다
바람 없는 비가 내리면
처녀 흙의 숨소리가 뜨거웠다
노란 촉수가 생명으로 거듭나는 순간
생채기로 간당간당 지켜 온 순결은
그리움 하나 후비듯 땅을 긁는다
성애를 긁어낸 풍경처럼 환해지는 길 따라
또 다른 그림 속으로 걸어 나온다
흙에서 나온 것들은 고집이 있다
숨겨진 종족들의 변함없는 약속으로
아군처럼 입성한 풋풋한 함성들이 눈부시다
이 무례한 침략에 마술 구경하듯 혼절한다
비가 개이면 햇살이 숫날처럼 반짝이고
거미줄 보석들이 거미의 공적을 치하한다
씨줄 날줄 엮어내지 못한 구경꾼은
한 조각의 초록만을 훔치고 있다

# 외길

바늘이 실을 데리고 간다
몇 번인가 뒤돌아보며 앞장 서 간다
다박다박 걷는 세월 변함도 없을 듯이
몸피를 늘려 켜켜이 탑을 쌓는다
붓이 먹물을 데리고 간다
사부작사부작 머물 듯하다 담장을 돌기도 하고
새가 되어 날더니 폭포 되어 신음하다
숨이 멎을 듯 정적의 끝에서도 울지 않는다
따르는 이의 바램도 모른 척 앞장서가다
문득 멈춰 서서 흔적 없이 사라진 이름
결연한 의지로만 잘밤대던 홀연한 향기다
그럴듯한 치사마저 챙기지 않고
부끄러운 낯빛으로 숨어버린다
네가 있어서 내 이름도 찾았고
내가 있어서 너의 이름도 알았다
다시 진화를 거친 전사들은
헝클어진 실타래 풀어가며 앞장 서 가겠지
앞도 보이지 않는 까만 먹물 속을 걸어가겠지

# 산책

어디쯤에서일끼
사목사목이란 말을 주웠다
발자국 본뜨기에 곱사등이 되고서야
늙어버린 하늘을 새김질한다
내 그림자마저 돌보지 않은 부끄러움에
혼자 걸어도 옷자락 스치는 소리 듣는다
돌멩이에 허망한 이름 붙여 광야로 내몰아버린
눈물 고인 이야기가 결 고운 꽃잎으로 피어나고
발자국 없이 걷는 모랫길에서도
소소한 나눔들이 보조개가 되는 발효의 시간
바람 한끝 당기지 못해도
터득은 공식이 아님을 눈치 채며
최초의 기업처럼 경건한 흙길을 밟는다

# 백년해로

곡괭이 닳아버린 굽은 허리 펴고
밭고랑 끝 복사꽃을
함박얼굴로 바라보다가
함께 구부려 이랑에 달라붙은
할멈의 뒤에다 대고
귀가 뚫리게 온몸으로 외친다
아프지 말고 살세
돌아온 해에도 봐야 될 것 아닌가
저 꽃!
영감탱이가 일하다 말고 웬 꽃타령이요
저 꽃 보면 시집올 적 각시 생각나서 그려
그때는 이뻤제… 시방도 이쁘지만
영감 눈이 안 좋아지니 좋을 때도 있구만요
아니여 옳게 보여
저 꽃,
이 꽃,
다 꽃이여

# 봄날은 간다

그늘에 턱을 고이고 앉아
모눈종이 같은 일상을 말린다
환장하게 울렁이던 햇살들이
구름발치에 아득하다
만날 수 없는 이들의 얼굴과
떠난 이들이 남긴 약속들을 생각한다
신발 한 짝을 잃고서는
남은 한 짝마저 버렸다고
말하지 않을란다
꽃을 떨군 자리에
바람의 흔적들이 여물어간다
옻칠 벗겨진 초꽂이에 남아있는
파라핀 잔해 같은 그리움도
다리 접고 종이비행기처럼 날아오른다

# 노을버스

연고 없는 읍내 간이 정거장에서 버스를 기다린다
올 것 같지 않아도 올 것이다
건너편 점방 앞에 빛바랜 간판을 이고 늙어가는 주인
간판만 일을 하고 햇살받이로 졸고 있다
그 가게 앞, 벗은 은행나무 꼭대기쯤
어느 게으른 새가 지어 놓은
한 줌 덤불 같은 집, 태연하다
숨겨 지낼 나뭇잎 한 장 없이 난장을 비켜 수행 중이다
바람 속 춤사위에 찢겨진 통증은 차라리 희열이다
덜어낸 수분이 눈물 되도록 들판을 헤매이다
빈 내장을 훑으며 뱉어내는 새의 소리
먼 광야 끝에서 보내오는 신호 같은 울림으로
마른 풀잎들이 일어선다
나도 편지를 펴보듯 붉은 산다화 앞에 서 있었다
버스가 오고 문이 열리자 저항 없이 견인되는 노을
그 속으로 날듯이 들어간다

# 고향집

마른 나뭇가지 타는 소리
투닥투닥 재로 변하는 마지막 소리
억장이 무너지는 소리
사라지고 없을 것 같은 것들이 떠돈다
금이 간 사발들이 이름 대신 엎드러진 곳
숟가락 몇 개가 틀니처럼 굴러다니는 집터에서
눈이 멀어 귀만 밝아버린 풀꽃들을 만난다
낡은 개다리소반 위로 씨알을 고르던 웃음소리와
사립문 밖을 쓸어가던 싸리 빗자루 틈새쯤에는
살아서 흔들리는 생명들로 무성한데
세월은 한 눈금의 틈도 없이 꼿꼿이 노려본다
늙은 감나무 등걸을 쓰다듬어 달래보지만
그도 나잇살 빠진 뻔뻔해진 표피를 내어줄 뿐
아무 말이 없었다
나도 그를 위로하지 못했다

# 눈길

어머니 당신이 걸어오신 눈길을 걷습니다
쉼 없는 길을 언 발로 걷습니다
녹아서 사라지고 말 것을 자박자박 걷습니다
난잡해진 발자국 남을까 뒤돌아봅니다
아무도 걸어보지 않은 숫길이 두렵지 않으셨나요
푹푹 빠지는 길의 끝에서 눈사람이 되어갑니다
손도 없이 발도 없이 몸뚱이만 남은 부산물로
숨겨둔 것 하나 없어 젖은 옷 다 벗고
가슴 내보여 마지막 보시처럼 웃고 있어요
송이눈이 풀풀 날리고
아무 일 없듯이 발자국은 지워지고
순한 숨소리 태고의 찰나 속으로 숨었어요
어느 햇살 좋은 봄날에 들꽃 수놓은 손수건처럼
말간 얼굴로 다시 뵈어요 어머니
눈물 마른 고슬고슬한 길 밟고 오세요

# 그루터기

다듬지 않아 순한 속살
뿌리까지 동이 날 지경인 끌텅에서 새 순이 파릇하다
살아있음의 동작은 여린 숨소리뿐
얼토당토 않은 열매의 욕심도,
벙어리가 되어버린 억울함도
꿋꿋하던 기상도 텅 비어내는 순간을 지나
늙은 고양이가 졸고 가기에 마치 맞은 꼴이 되어간다
요동치던 흔들림이 멈춰버린 고요와
바람소리 잡힐 것 같은 호흡의 끈을 쥐고
어디선가 제 몫으로 울림이 되는 둥치를 생각한다
새 이름표를 달고 남겨진 것들은 늘 푸르다
한 벌의 수의와 앨범 속 얼굴들만 챙겨야 하는 예견 된 시간
흩어져 씨앗으로 남아있는 말들을 주어 모아본다
지워지지 않은 향기로운 이름 불러본다
사랑한다 고마웠다 행복했다

# 석별

뒷걸음으로
꽃 잔등에 번지는
울음 없는 눈물

떨군 꽃잎이
아픔의 기도였음을
모른다 해도

춘 사월
노오란 송화
가비야이 흩뿌리어
발자국 새겨두려네

후기

시계소리

# 시계 소리

강물이 아무 말 없이 조용히 흐른다고 생각하는 사람은 없을 것이다. 산 계곡을 타고 내려오는 뜀박질 소리부터, 작은 고랑을 지나 샛강을 텀벙 대기도 하고, 큰 강을 따라 바다에 이르기까지 끊임없이 세월을 깨우며 흘러간다.

사람들은 강물의 흐름처럼 시간의 흐름을 깊이 생각하고 연구했을 것이다. 아침에 해가 떠서 저녁에 지고 낮과 밤이 반복되는 사이, 살아있는 것들의 겉모습도 변하고, 식물이 성장하고 열매 맺는 당연한 섭리조차 의문이었을 원시 때에도, 태어나고 죽는다는 것이 시간의 흐름 속에 있다는 것을 알았을 것이다.

평평한 돌 위에 금을 그어 막대를 꽂아놓고 그림자의 길이와 방향 따라 시각을 알아내는 방법으로 원시의 조상들도 자기 자신과 또는 상대방과의 약속을 다지기 위해 태양의 흐름을 측정했다.

오른쪽으로 움직이는 그림자를 따라 시계를 만들었을 것이다. 비가 오고 날씨가 흐리면 그림자가 없으니 태양처럼 변함없는 물방울의 떨림으로 시간의 흐름을 알아가기도 했다.

시간이 귀중하게 여겨짐으로 효율적인 분배를 생각하게 되고 쪼개 쓰는 지혜가 발달되었다. 무엇보다 시간은 약속이다. 현재와 미래의 약속을 위해, 그 약속을 지키기 위해 공통의 증거물이 필요했고, 시계 바늘의 작은 움직임으로 서로가 안심하고 계약을 성립시키며 마음까지 내어 준다.

'담배 한 대를 피울 시간쯤 된다'는 그 시간이 얼마쯤인지 가늠하며 불편 없이 살던 시절에는 '아침 먹고 설거지 끝날 때인가' 첫아이를 낳았다고 말해도 대충 알아들었고, 저녁밥 먹고 만나자고 해도 만남이 이루어졌던, 시계 없는 자유는 이제 꿈도 꾸지 못한다.
우리는 스스로 시계 소리에 갇혀 자유하지 못하면서도 끊임없이 정확성을 따지며 촉각을 세웠으니까.

시계는 과학적 원리가 규명되며 째각째각 규칙적인 심장박동과 숨소리를 내며 생존을 시작했다.
속살을 보이지 않고도 정확하게 움직이는 시계 바늘은 밤낮의 변화와 계절의 흐름과 모든 변하는 것들을 어우르며 버티는 것이다. 어쩌면 긴장과 이완으로 변하는 사람의 마음까지 지배하며 붙들고 있겠지. 하루 일과 중 가장 많이 바라보고 확인하고 마주치고 것이 시계일 것이다. 어떤 유혹에도 흔들리지 않는 절대 강자의 자리에서 지배자로 군림하는 억지스런 동행자이다.

또는 시계 소리는 누군가는 설레는 기다림으로, 누군가는 초를 다투는 생사의 순간에, 누군가는 노동의 현장에서 여러 가지의 모습으로 제 몫을 감당한다. 뒤돌아보지 않고 앞만 보는 고집으로 희로애락을 과장하고 있지만 절대로 삶 자체에는 개입하지는 않는 방관자이다.

누군가 똑딱대는 시계의 초침 소리마저 귀에 거슬려 전자시계를 쓰기 시작하면서부터, 배꼽을 간지럽히듯 태엽을 감아주던 일들조차 번거롭다는 이유로, 당연히 수동이 자동이 되어버리면서 소리도 사라졌다. 그러나 문명의 흐름은 촌각을 다투게 되고 필수적으로 정확한 시각을 알리는 시계가 필요하게 되어 이제는 전기시계, 수정시계, 원자시계 등이 개발되어 나오고 있으나 목소리를 빼앗긴 애완견처럼 두 눈 벌거니 뜨고 벙어리로 앉아 있는 모습이 때로 민망하다.

강물처럼 시계추의 흔들거림이 유장하게 한 목소리로 끊이질 않고 들리는 평온함을 즐기던 때를 생각하며, 바쁘다는 핑계로 하늘을 쳐다보지 않은 마음처럼 때때로 그리워한다.

내 유년의 머리맡에는 늘 일정한 간격으로 속삭이는 시계 소리가 있었다. 해바라기 꽃 모양으로 오므렸다 폈다를 반복하던 탁상시계, 푸른빛 옥돌로 묵직하고 신비롭던 장식용 시계, 섬세한 조각으로 단장한 키다리 벽시계, 또 내 손목에 부러움의 시선으로 꽂히던 작은 밤톨만 한 손목시계에서도 귓가에 대보면 째각째각 숨소리가 들렸으니까…

심심할 때면 헛소리로 초침이 도는 길을 따라 몇 바퀴를 훌쩍 돌았다. 의자를 놓고 올라가 풀어진 태엽을 빡빡하게 감아두고 내려올 때의 뿌듯함을 빼앗기지 않으려고 얼마나 신나게 꽂발을 딛었는지 모른다.

내가 어려서부터 유독 시계와 친해진 까닭은 아버지 때문이었다. 아버지는 유능한 시계 수리공이셨다. 고장 난 벽시계는 물론이고 아버지의 손이 들어가면 멈춰 선 손목시계도 숨을 쉬게 되는 것이 자랑스럽고 신기했다. 휘발유가 담긴 작은 유리 그릇 속에는 분해된 시계의 부품들이 뒤섞여 있었지만, 아버지는 정확하게 다시 조립하거나 부품을 교환하여 미세한 시간의 세계를 재조립하시곤 하셨다.

벽시계의 뚜껑을 열면 누런 접시 모양의 톱니바퀴가 맞물려 돌아가며 째각째각 소리를 내는 것이 신기하였지만 뚜껑을 닫으면, 움직이지 않을 것 같은 시침과, 느릿한 분침, 부지런한 초침이 싸우지 않고 자기 일을 하는 모습이 신기하여 아버지가 고장 난 시계를 고치시는 모습을 유심히 들여다보는 일이 즐겁기까지 하였다.

우리나라 개화기 때 괘종시계를 벽에 걸어놓은 어느 부잣집에서 주인이 외출하면서 하인에게 잊어버리지 말고 시계 밥을 주라고 했더니 시계 앞에 밥상을 차려 두었더라는 이야기를 들으며 얼마나 웃었는지 모른다. 또 어떤 시골 노인이 벽시계를 사러 와서는

"이 벽시계를 살 터이니 저 작은 손목시계를 덤으로 주시오."

라며 떼를 쓰는 황당한 일도 있었다고 한다.

스위스제나 일제 시계에 의존하던 시절에는 시계가 귀중품으로 취급되어 분해소제를 한다든지, 신보를 갈아 끼운다든지, 하다못해 겉모양이 닳아지면 다시 도금을 하여 쓰는 것이었는데 그때마다 아버지의 세밀한 솜씨로 다시 태어난 시계에서는 싱싱한 생물 냄새가 났다. 수리가 끝난 시계를 귀에 대 보시고는 몇 번을 닦으시며 흐뭇해하셨다. 나중에 크게 시계점을 운영하시면서도 시계를 수리하시는 일에 애정을 가지셨다. 아버지는 시계 소리만 들으시고도 어디가 아픈지 금방 알아차리시는 것이다. 시계의 심장 뛰는 소리와 함께 숨 쉬고 계셨던 것이다. 번쩍이는 새 시계보다 손수 고쳐서 재생되어 움직이는 초침 소리에 환하게 웃으시며 행복해 하셨다.

"모든 물건에는 생명이 있는 것이란다. 종이 한 장도 옷감 한 조각도 제 할 일을 다 하도록 서로가 도와야 한다. 그래서 시간이 있는 것이지."

시계 속 세상을 알아버린 것인지 아버지의 삶은 늘 정확했지만 한편으로는 다정하고 여유로웠다. 그리고 검소하셨다. 시계뿐 아니라 주변에 있는 사물들을 항상 새것처럼 아끼고 사랑하셨다. 한 번이라도 남들에게 큰 소리로 다그치거나 재촉하거나 나무라는 일은 평생 하지 않으셨던 온유함이 지금도 잔잔히 흐르는 물소리처럼 그립다.

요즈음은 나도 습관처럼 핸드폰을 열어 시각을 확인한다. 팔목을 빛나게 하던 손목시계가 거추장스럽게 되어버린 지 오래이다.

하기사 한때 뻐꾹뻐꾹 매시간 고개를 내밀던 뻐꾸기도 산으로 갔는지 슬그머니 사라졌지만, 굳이 찾는 이도 없는 옛것이 되었으니까.

가끔 산사에서 울리는 범종 소리에 숙연해지기도 하고, 송구영신을 알리는 보신각의 타종 소리에 한해의 수고로움을 내려놓기도 하고, 교회당 새벽종 소리도 희망과 허무가 공존하며 깊은 울림이 되어 영혼 깊숙이 파고든다. 그러나 이 모든 울림이 귀를 기울이면 들리는 시계의 초침 돌아가는 소리로 이루어진다. 이미 시각을 확인하지 않고는 안 되는 세상이 되어버렸고, 우리는 유장하게 흐르는 시계 소리를 확인하며 시간에 끌려가는지도 모른다.

별생각 없이도 잠 못 이루는 밤이 많아졌다. 그 밤에 똑 닥똑닥 시계 소리가 들리는 듯하다. 초침은 닳아빠진 뒤축을 끌고 제 갈 길을 간다. 나도 초침을 따라 먼 시간의 여행길을 가고 있는 것이다. 정확하게 변함없이 진행되어지는 흐름 안에 있으면서 시간 속에서 동행하는 인연들을 생각하며, 이제는 풀잎의 시간을 해독하는 꿈을 꾸는 것이다.